次元旅行☆跳躍了
詩★四貓貓　文★林群盛　繪★兔姬

次元旅行☆跳躍了
詩★四貓貓　文★林群盛　繪★兔姬

▼ null | cover2
▼ 25.2 Gpc | flap1
▲ 17.9 Gpc | flap2

▶ 39.0 Gpc 未來 | 6 LYS
▶ 21.7 Gpc 星嶼 | 8 LYS
▶ 999 TYPE T | 10 LYS
▶ 11.5 Gpc 深空 | 12 LYS
▶ 7.03 Gpc 時爆 | 14 LYS
▶ 5.24 Gpc 謎棘 | 16 LYS
▶ 4.01 Gpc 雨瓣 | 18 LYS
▶ 3980 Mpc 日垝 | 22 LYS
▶ 2058 Mpc 旅星 | 24 LYS
▶ 1925 Mpc 迴圈 | 26 LYS
▶ 1367 Mpc 慕達 | 28 LYS
▶ 998 Mpc 隕冰 | 30 LYS
▶ 506 Mpc 重力 | 32 LYS
▶ 283 Mpc 拾鐵 | 34 LYS
▶ 79 Mpc 薇樞 | 36 LYS

▶ 51236 Kpc 礫火 | 40 LYS
▶ 47982 Kpc 輝韜 | 42 LYS
▶ 34951 Kpc 砂舟 | 46 LYS
▶ 10804 Kpc 羊笛 | 48 LYS
▶ 112 Kpc 圖晷 | 50 LYS
▶ 86 Kpc 銅雞 | 52 LYS
▶ 19 Kpc 覓密 | 54 LYS

▶ 15173 pc 謎池 | 58 LYS
▶ 8025 pc 聖紀 | 60 LYS
▶ 7925 pc 流火 | 64 LYS
▶ 4463 pc 燦核 | 66 LYS
▶ 5.89 pc 朱月 | 68 LYS
▶ 3939 pc 角芽 | 70 LYS
▶ 3245 pc 貓爪 | 72 LYS
▶ 1218 pc 雀舞 | 74 LYS
▶ 1027 pc 牧貓 | 76 LYS
▶ 825 pc 星舞 | 78 LYS
▶ 7.68 pc 織琴 | 82 LYS
▶ 999 TYPE P | 86 LYS
▶ 0 pc 初音 | 92 LYS

COSMOS EVENT

Final Countdown

000000000000039

▶ 39.0 Gpc | 未來

睡覺一定要蓋的綠色毯子
這次也帶了
行李的衣服不多
有件毛衣會喵喵喵喵

他們付費觀看他睡著的樣子
離開時領取毛衣做紀念品
但不會喵喵
附設的餐飲部
有人喝酒後哭泣
他的毛衣不會喵喵喵喵

所有人都離開
他鑽進帶草香的翠綠色毯子
夢見流星點亮夜空
明天他就要離開
穿著最體面的衣服
也化了妝
只有毛衣不太滿意的
喵喵喵喵

▶ 21.7 Gpc | 星嶼

我不知道
那座噴泉裡有沒有你的願望
但有很多我的
多到能換一頭大象

我們把銀幣丟進去
把金魚撈起來
向旁邊的商人換一枚銀幣
再把銀幣丟進去
許下願望
始終有金魚
也始終有銀幣

你在水池裡問我
是我掉進水池裡
還是你掉到水池外了
我不知道
只好拋出一枚新的銀幣
許願的時候你總會消失

999 TYPE T

假如這是旅行
假如這是一趟旅行假如這是
一趟旅行假如這是一趟
這是一趟旅行這是一趟旅行假如
假如這是一趟旅行假如這不是一趟旅行
假如這是旅行
假如這是一趟旅行假如這是
不是一趟旅行假如
假如這還是一趟旅行
假如這是這是這是
一趟旅行

▶ 11.5 Gpc	深空

異星的電波維持旅人的矜持
當地球人笑
光便會起一個波浪

宇宙航行太過安靜
我知道怎麼一個人走到太陽系
我知道我的朋友在這個星球而且我降落就能遇見他們
我知道我喜歡奇妙的山及湖和陽光的日子

想家
也想旅行

矛盾
但很快樂

7.03 Gpc | 時爆

年輕的愛人還不知道今天
會為掉髮煩惱
那時一跳就能離開地球
一個吻便穿越時空
到平行宇宙裡睡了別的愛人
留下浴室地板的毛髮
重力緊抓著體重機顯示的數字
沉默了一次又一次

▶ 5.24 Gpc 謎棘

夢裡我抱著一隻銀灰色的虎斑貓，天氣很熱，熱到所有的東西都酥軟了起來，貓也在我手裡逐漸融化。

我徒勞地想要把牠固定下來，但牠化作一碗布丁，在炙熱的天氣裡看起來特別可口。

我捧著牠，一面焦急地想找個冰箱，看看把貓冰回去會不會長回來，一面又擔心萬一克制不住食慾吃了一口，待會冰回去的貓會少哪個部份。

▶ 4.01 Gpc | 雨瓣

喜歡安靜折疊這個午後
時間到得比我早些
雨和沉默被折在一起
名字往外
害羞向內
傘鞠躬折進了可能的颱風
我被折進一杯熱可可
把你們按順序折疊
排好並輕聲點名
除了沒有人回答
不然一切是如此整齊

COSMOS EVENT :
Unidentified Flying Loveletter

寫一艘在文學史上超速進化的信，倒入冷冷的夜色信封、滴上鋸齒邊的月光郵票，寄給妳。無聲地投入郵筒形的天空……

星空早已躲入妳眼瞳裡的午夜。飛行的信驕傲地，作出在地球出生的飛行器無法達成的高難度動作：快速以滿月的心情畫3個等圓後垂直急下降到觸地前又順著彩虹的口音急上升再驟然停在半空靜成一顆保守的句點最後焦燥地草草幾筆在空中刮出一線線螢光粉紅的筆跡後消失……

不同星系的語言有不同的敘述，這裡的地球人會平靜地說：「不明飛行物體」那邊卻會驚訝地說：「情書」……

而我只能嘆出一片錫箔薄的雲，飛行的信也只能假裝自己是架地球出生的年輕飛機，用呆板的速度、內向的燈光遲鈍地航行……

除了無法克制的沈默……

而那修辭實在是太過逼真了，以致於連妳也沒發現那其實是一封不明飛行物體……

甚至，甚至我蓄意保留、和飛機航行時不可能絕對無聲一樣顯著的錯字，妳也沒看出來……

3980 Mpc	日埝

重複打開
下午微風滑過
三拍子的空白
重複
重複打開
別直視你瞳孔的光源
以免視線無法離開
重複打開
打開今天的雲
以免陽光無處可去
重複關上打開

安靜掃描
薄如紙的靈魂
褪色還原加亮降噪
記憶仍滿是飛白
重複關上
關上
不再打開

2058 Mpc | 旅星

穿過宇宙而來

的

貓

轉頭洗澡

▶ 1925 Mpc 迴圈

迷失在清晨的街道，還以為我只是又走入另一個夢境。小路空無一人，一如往常只有煙囪嘶嘶地冒著熱氣，提醒了我屋子裡也許有誰仍好夢正酣。但今天，連煙囪的煙也不陪我踏上走慣了的路，通通沉入清晨的霧氣裡。寂靜，似乎讓寒風加倍刺骨，我拉了拉圍巾，把臉多蓋住些。

霧把不到十分鐘的路程延長了好多，原本一眼可以望見的平原變成了一座迷霧的森林，我懷疑自己是否仍在預定的方向上前進。遠處有兩隻雁嘎嘎的盤旋，牠們是否也被晨霧迷惑了呢？也或許，牠們白色的身軀是晨霧的一部分。

猛然回神才發現自己已經走到了目的地，停止了胡思亂想，堆起禮貌的笑容向眾多認識或不認識的人打招呼。

霧，只存在於清晨那條，沒有人的小路。

1367 Mpc | 慕達

練習左手寫字
醒時做夢
夢見去了比你乾燥的地方
你那麼脆
如果綠洲在你臉上以淚灌溉
現在也只剩揚起的時間
輕輕一捧
便碎成一池荒沙

▶ 998 Mpc | 隕冰

不再是夾著雨下的雪感覺起來特別的白，
就像棉花糖一樣，看起來綿軟軟的，
飄在手上卻又像冰，白白亮亮的，
是那種會令人著迷的長相。

有很多雪人悄悄的誕生了，在我沒有注意到的地方。
有著紅蘿蔔鼻子和不知道什麼做的眼睛，
有戴圍巾的、也有戴帽子的，
有的有手，也有的只是兩個雪球疊在一起，
但我那天都沒有看到，
一直到隔天我才發現有如此多的雪人長在路上。

▶ 506 Mpc | 重力

把巨大的憂鬱剝開裝進膠囊
小心翼翼
對半成六十等分
這樣一天
就只會低落一點點

283 Mpc　拾鐵

喜歡把人生
散落在家裡的每個角落
需要的時候
隨手撿起
服用之後睡去
沒有藥的晚上就作雙倍的夢

▶ 79 Mpc | 薇樞

他們拿起粉筆在行星上畫了一個小小的人形

那就是我，他們說
是我，我跟著說並且躺下
人形太小容不下我滿頰的淚
他們告訴我不准哭

那就是我，他們說
是我，我跟著說並且躺下
人形太小裝不進我滿腦子的幻想
他們告訴我你要實際一點

那就是我，他們說
是我，我跟著說並且躺下
人形太小放不下那些我放不下的東西
你要放下，他們說

當我的樣子終於符合那個小小的人形
他們滿意的笑了
然後把蓋子蓋上
那不是我，我說
可是沒人聽得到了

『看到妳照片的瞬間，我才發現，我真的已經忘記妳了；這個事實嚴重的打擊我，如一個笨重遲鈍的隕石打中心裡那顆寶藍色行星的側臉，造成不可計數的永夜寒冬；但是沒有任何動物真正的絕滅，每個物種，都那麼恰好的只留下一隻，孤獨的僵直在冰冽的地表。』

「那不會很孤單嗎」

『親愛的，當然不會孤單，只是很寂寞，光是寂寞本身就比種族絕滅更淒慘了吧。寂寞的要死，還得勉強接受求生本能活下去。』

「喔，那我好像可以理解了」

『不行的，親愛的，』

『因為我已經死了』

▶ 51236 Kpc | 礫火

有時你站在隕石帶看著朋友轟隆轟隆經過
等到看不見他們背影
才發現那些巨大聲響是沒說出口那些話的回音

▶ 47982 Kpc | 輝韜

☆月★日
從一種無聊踱步跨進另一種無聊
沉默是自己創造的牢籠

☆月☆日
點一首哀愁的歌
大氣層唱起來
藍藍綠綠的
像海

★月☆日

「只是一種淡淡的寂寞」

在簡訊欄輸入這幾個字
收件處填上自己的號碼
（是否確認送出？［Y/n］）
幾秒後相同的訊息傳了進來
是衛星的回音
我假想這是一句暗語
串著同樣等待的人們

47982 Kpc | 輝韜

等待不知名的等待
等待有什麼在遠方發生
等待有什麼靠近
等待有什麼甦醒
而又是什麼死去

「只是一種淡淡的寂寞」

是象徵是求救是訊號是邀約是無聊
除了紫紅色的夕陽
誰都沒有來

★月★日

有什麼東西甦醒
什麼東西死去
它沒有目的而我看不懂地圖

34951 Kpc 砂舟

斜口鉗安靜
剪斷一個下午
不需要砂紙
就能磨掉分離的痕跡
拆下日光
和星子重新組裝成一窗夜晚
相處不過是讓兩個卡榫相扣
比例太小
偶爾會錯手
把愛的帆綁在不對的桅杆

▶ 10804 Kpc | 羊笛

水在火星成為雨
或在土星成為雪
沿著這道鋒面走
就找到你

112 Kpc 圖吾

放棄成為一棵樹的夢想
不能蓋一個家
結幾個果
面陽處讓給
更乾燥的人
這裡雖冷
有很多安靜的朋友
一起匍匐
有點酸
但不嫌你太潮

86 Kpc	銅鵜

昨日的羽毛
被貓褪下
另一頭的明天
更大更好

▶ 19 Kpc	覓密

下午前往航空站的時候雨剛要下，我懊惱地打起要壞不壞的傘，那把傘像個蕩婦隨時準備翻起裙襬，甚至不須等待假裝矜持的風。雨沒有阻擋航空站裡的興緻，只稍微偏移了他們的座標，聚集到廊下的人蒸騰出等待與焦躁的熱氣，迅速悶暗了最後一絲陽光，等我離航時天色已經暗下來，但對比讓站裡的顏色益發鮮明。

那是我在裡面時沒留意過的色彩，而我總是，總是嚮往那些不屬於自己的。

很久沒見到妳。想念跟重力一樣，緩緩將我拉進回憶的星團中。

記得妳的手指。食指滑過了土星。許多忘記名字的瓦斯被劃開，有海潮的聲音順著妳的指紋滴下。

木星的大赤斑彷彿意識到妳的指尖而睜大，妳繼續用手指寫著什麼。真空的鐵黑色空間乖巧的鋪開如紙，我無法辨識的部首沾著陳舊的星光，降落在前方的天王星上。妳一如往常沒有說話，讓一撇一捺溫吞的灑下。再過去就是海王星了，光線開始被回憶吞噬，昏暗中只有妳的手指發著光，像是進化過程中，擁有優雅的細長身軀，一次也沒跌倒過的完美生物。

數根視線被突然逼近的冥王星碾斷，我終於想起來，就在這裡我忘記了妳。

妳的食指加快了速度，更多的部首暈染開來，時間軸的墨水倒流回了水星，我握住妳的手指，卻想不起一字一句可寫。

15173 pc | 謎池

粗粽是任性，再週二的早晨，蒸氣和樹葉的味道、

我沒盧 盧、

＼他們手牽手帚 像是把廚房忘記了一樣去跳舞

跳德歡了 就裸體去跳

魔法讀掃帚、只有、資骨 一個 人

嚕嚕嚕

貓睡

8025 pc | 聖紀

向前有樹
向後有花
不要再愛我

不要對我唱歌
不要在
我腐朽的墓前獻上鮮花

不要再寫信給我
北極熊也許會因你哭泣
但我已無法流更多淚

不要解剖我
掘出枯萎的心
看裡面是不是還裝著愛

捨不得的話
把它放在第一節
在誰都還天真的時候

COSMOS EVENT :
Lip Blizzard

聽人說過踏上艦橋，便入寒冬，原來是真的。

橋身像是透明的螺貝內腔，工整到嚴峻的弧線交織著，吐幾口氣就會留下一圈霧氣。忍不住用手指在上面寫些什麼，像是你的唇形。

寫著，直到艦橋內的空氣充滿欲言又止的氣氛，沉默滲入皮膚內，一陣又一陣，鑽刺進去。

▶ 7925 pc | 流火

心悸時剛好在想你
走過回憶的吊橋
流淚讓我頭痛且渴
熾熱如慾望
心宿二的醫生告訴我這叫
胃食道逆流
還是戀愛聽來比較浪漫

▶ 4463 pc 燦核

失眠時翻身
跌進海裡

水中你游得比誰都快
我怕追不上
向海盜借了艘船
若你在沙灘上擱淺
我會收起鰭
帶你翻過年少的牆
然後把誰的心臟裝進塑膠袋
牽手全力奔跑
找一個醫生修好了它

回來才發現你並不真的在
只有眼裡的海水
讓我幾乎相信被愛

▶ 5.89 pc | 朱月

沒人來
帶我回家
我們一起等
這艘太空船回不了家
我們一起等待
我回家
沒人

▶ 3939 pc | 角芽

聽說情詩容易爛尾
像旅行到了盡頭

3245 pc 貓爪

沒寫出來的詩
在我的腦袋裡翻滾　疼痛
會不會我一哭
詩就隨著眼淚一起掉下來了呢

▶ 1218 pc | 雀舞

街燈招牌昏黃
像不再年輕的牙齒
輕輕敲下
一塊你蛀過的痕跡

▶ 1027 pc	牧貓

過氣的少女
用超齡的兒童牙膏
刷著
青春的牙垢

▶ 825 pc | 星舞

朝日落處行走
影子還留在故鄉
同行夥伴長得相像

出發前修剪頭髮
沿途清空行囊
丟在地上的煩惱
不為標示回家的方向

涉水而過
越走越輕

和安靜的愛人
秘密地走向極樂
這裡草地豐美
遍地菊花

逃離的時候，只帶著船艦模型（首次成功瓦普飛行紀念版，萬分之一比例），這種時候應該是帶著噴射背包或是食物包吧，你有點不解的問。

捏握了幾下船艦梭形的白色身軀，我忍住不說那其實像極了你指尖的觸感，有著不知從何而來的細緻與冰涼。

握著這艘船艦，好像抓住了銀河的衣角，那樣的感覺。

想太多了，才沒這回事，那只是幻覺。你說。

毫無預警，時空摺疊開始了，瞬間我們被扯向往不同的虛擬軸心，你的身影逐漸變淡，我慌忙朝你伸手，船艦模型甩了出去。

你笑了。整個扭曲的空間軸線泛出了檸檬酸味。

7.68 pc | 織琴

嘗起來是下午的海
溫熱且潮濕
只是飄來的寶特瓶裡
沒有寫給我的信

COSMOS EVENT：
Hey, I love you

倒數很快就結束了，宇宙艦進入高速旋轉，星體急忙走著催眠的軌道。

做了很多夢。也許不是發燒，但昏昏沉沉的，在很多夢裡面跌撞。

在夢中我想像自己是一個蚌殼，到處都有的那種。忍耐了很久很久，才用柔軟的方式吐出來一顆一顆的小珍珠。

很明確的外型，對世界告白。

會有誰在哪個星球的海邊撿到嗎，撿到的瞬間會覺得幸福嗎。

還是，根本沒上岸，只是一直在海床打滾而已。

不過沒關係，珍珠是真的，心情也是真的，就算是在夢裡。

▶	999	TYPE P

假如這是詩
假如這是一首詩假如這是
一首詩假如這是一首
這是一首詩這是一首詩假如
假如這是一首詩假如這不是一首詩
假如這是詩
假如這是一首詩假如這是
不是一首詩假如
假如這還是一首詩
假如這是這是這是
一首詩

一開始是溫度，往下墜落成為海。然後是聲音，雷鳴切出了整片天空。

醒來的時候，海面上有許多流利的黑影。往後被叫做鰭的東西，將那些黑影拖往更深的地方。偶爾有氣泡浮上來，也只是不想飛起來的那種。

雨從兩頰落下。是那種連身體都要溶解的雨。忘了是第幾次，反正也沒有特別計算。

再次醒來的時候，海岸邊有一些不太乾脆的足跡。聽到一些不是雷鳴的聲音，像是稀釋過頭的抱怨，從趴在岸邊的身軀上研磨出來。

雨從好奇的眼神再度滴落。一樣連身體都要溶解般的激烈。

被吵醒的那天，地面上出現了巨大的黑影，後來被叫做角或爪的東西附在上面。

黑影常常吃掉別的黑影。其他的黑影也有綠色的爪或角，分泌著綠色的氣息。

忘了是怎麼開始的。不厭其煩的激烈，那樣的雨再次開始從身上崩落。

醒來的時候，那些熟悉的黑影全部消失了。更小更脆弱的黑影，長著到處抄襲來的四肢，它們在不同的地面上發出各種不同的聲音。

很快的，它們築起了金屬色的巨柱，或者圓筒，在睡意還來不及回到天空時，黑色的甚麼佔領了所有的天空。

這次的雨，比以往更不耐煩。連我都未見過的，黑色的雨，激烈的將陸地打穿，不同的地面上的它們，這次卻喊出了同樣的叫吼，甚至忘了給我一個比較乾淨的稱呼，或者，從來也沒注意到我。

▶ 0 pc | 初音

「世界保護住我們了。」那天，星星這樣對我說。

由於聲音從遙遠的光年傳來，顯得有點模糊。我不是很確定他說的是「保護住」還是「抱住」，我下意識的抬頭，雖然我早就知道城市裡過於明亮的夜空看不見他。

星星說的話常有點難懂，有時候他試圖告訴我一些命運的事，但我不想聽，有很多事我寧可不要理解，懂得越多並不會越快樂，他想教我怎麼牽引命運線的那天我哭了，他的聲音從遙遠的光年外幽幽地傳來，雖然不清晰，但我無處可躲，只是默默的掉淚，直到他發現我都沒有在聽才沉默下來，他沒有問怎麼了，也沒有繼續說下去，只是唱起了歌。那首會讓宇宙也隨之顫動的歌。

我不知道星星是怎麼找到我的，宇宙這麼大，人這麼多，為什麼沒有別人能夠聽到它唱的歌？我也不知道他是用什麼方式發出電波，有一次我提到研究宇宙的人那麼多，也許有人能偶然攔截到他的電波，這樣他就可以去向那些人解釋什麼宇宙的秘密了。星星只是溫和的回答「不可能」就沒有再說別的了。

0 pc　初音

星星沒有跟我說完的是什麼，這次，我要自己去見他找出答案。

COSMOS EVENT :

Lyra

我們原是星星

握手

即成星座

次元旅行☆跳躍了

作　者　四貓貓
企劃/設計/文(COSMOS EVENT)　林群盛
插　畫　兔姬

發行人　張仰賢
社　長　許赫
主　編　施榮華
總　監　林群盛
出版者　斑馬線文庫有限公司
法律顧問　林仟雯律師

斑馬線文庫
通訊地址：235新北市中和景平路268號七樓之一
連絡電話：0922542983

製版印刷　龍虎電腦排版股份有限公司
出版日期　2018年9月
ISBN　978-986-96722-4-5
定價 350元

國家圖書館出版品預行編目(CIP)資料

次元旅行跳躍了 / 四貓貓著. -- 初版. --
新北市：斑馬線, 2018.09
面；　公分
ISBN 978-986-96722-4-5(平裝)

851.486　　107014167